MASKULINO

FOTOGRAFÍAS: PÁRIZ

PHOTOGRAPHS: PÁRIZ

PEDRO USABIAGA

Es difícil hablar de un amigo. A veces existe un pudor pueril por destacar cualidades y talentos por miedo a que alguien responda: "Claro, habla bien porque es su amigo".

Pero se equivocan, pues incluso es raro y difícil que los propios amigos de uno hablen bien. Por eso, hoy he decidido escribir unas palabras sobre él, sobre PÁRIZ, para decirle lo que no suelo decirle cuando nos vemos, mucho menos de lo que ambos quisiéramos. Afirma Oscar Wilde: "Cualquiera puede simpatizar con los sufrimientos de un amigo, pero hay que tener un espíritu muy fino para simpatizar con el éxito de un amigo".

Sus fotografías responden, a la perfección, al límite del mundo que él ha trazado sobre ellas. Son poderosamente provocativas, bucean en las aguas de la naturalidad con la que él se maneja muy bien. Encierran la esencia de sus gustos, sus obsesiones formales, inspiradas (aunque sólo lo justo) en los fotógrafos a los que admira. Hay un calidoscopio de razas y condiciones sociales. Todos ellos, los modelos, se saben atractivos y enseñan sus mejores armas.

Su dedicación a la fotografía es intermitente, responde a su dualidad entre lo que ama y lo que lo ata. En ese difícil equilibrio entre lo uno y lo otro navega su ideal de belleza, como si se tratase del Barón von Gloeden en *Taormina*, rodeado de muchachos libres y desnudos...

La mejor virtud de sus imágenes es que se parecen tanto a él que quienes le conocemos pensamos que son más una radiografía de sí mismo y de casi todas sus vivencias. Los hermosos especímenes de la raza humana que meticulosamente ha seleccionado para este libro, representan el lado más seductor del hombre. ¿Qué más se puede pedir?

Sigamos el camino más recto para llegar a esta nuestra odisea particular. La *Odisea*, según el propio Ulises, no era ir de una a otra isla, perdido y errante buscando la suya, sino de un ser humano a otro; camino tan simple y a la vez tan complicado como llegar ante uno mismo.

En este libro encontraremos algo de cada uno de nosotros en los rostros, los cuerpos, las miradas. Quizás en esta contemplación voyeurista del hombre descubriremos lo mejor y lo peor de cada uno de nosotros. Quién sabe...

San Sebastián, España, julio del 2003

PEDRO USABIAGA

IT IS DIFFICULT TO TALK ABOUT A FRIEND. SOMETIMES we feel a childish reticence when it comes to pointing out a friend's qualities and talents for fear of having someone respond: "Of course you speak well of him because he's your friend."

But they are mistaken, for it is also rare and difficult for one's own friends to speak well of one. That is why today I have decided to write some words about him, about PÁRIZ, to tell him what I frequently do not tell him when we see each other, much less what we would like to say. Oscar Wilde has said: "Anyone can sympathize with the sufferings of a friend, but one must have a fine spirit to sympathize with a friend's success."

His photographs address perfection, to the limits of the world that he has traced over them. They are powerfully provocative, swimming in the waters of the naturalness which he handles with so much ease. They envelope the essence of his tastes, his formal obsessions, inspired (though it is only right) by the photographers he admires. Herein is a kaleidoscope of races and social conditions. All of them—the models—know they are attractive and they display their best weapons.

His dedication to photography is occasional, in response to his duality—between that which he loves and that which binds him. In this difficult balance between the one and the other he navigates his ideal of beauty, as if he were the Baron von Gloeden in Taormina*, surrounded by free and naked youths…*

The greatest virtue of his images is that they resemble him, so much so that we who know him think that his photographs are more like an X-ray of himself and of nearly all his personal experiences. The most beautiful specimens of the human race that he has meticulously selected for this book represent the most seductive side of man. What more can one ask?

We follow the straightest path to arrive at this, our own odyssey. The Odyssey*, according to Ulysses himself, was not the journey from one isle to another, wandering lost and searching for the way, but of one human being to another; a path so simple and at the same time as complicated as anticipating one's own arrival.*

In this book we shall encounter something of each of ourselves in the portraits, the bodies, the gazes. Perhaps in this voyeuristic contemplation of man we will discover the best and the worst of each of ourselves. Who knows…

SAN SEBASTIÁN, SPAIN, JULY, 2003

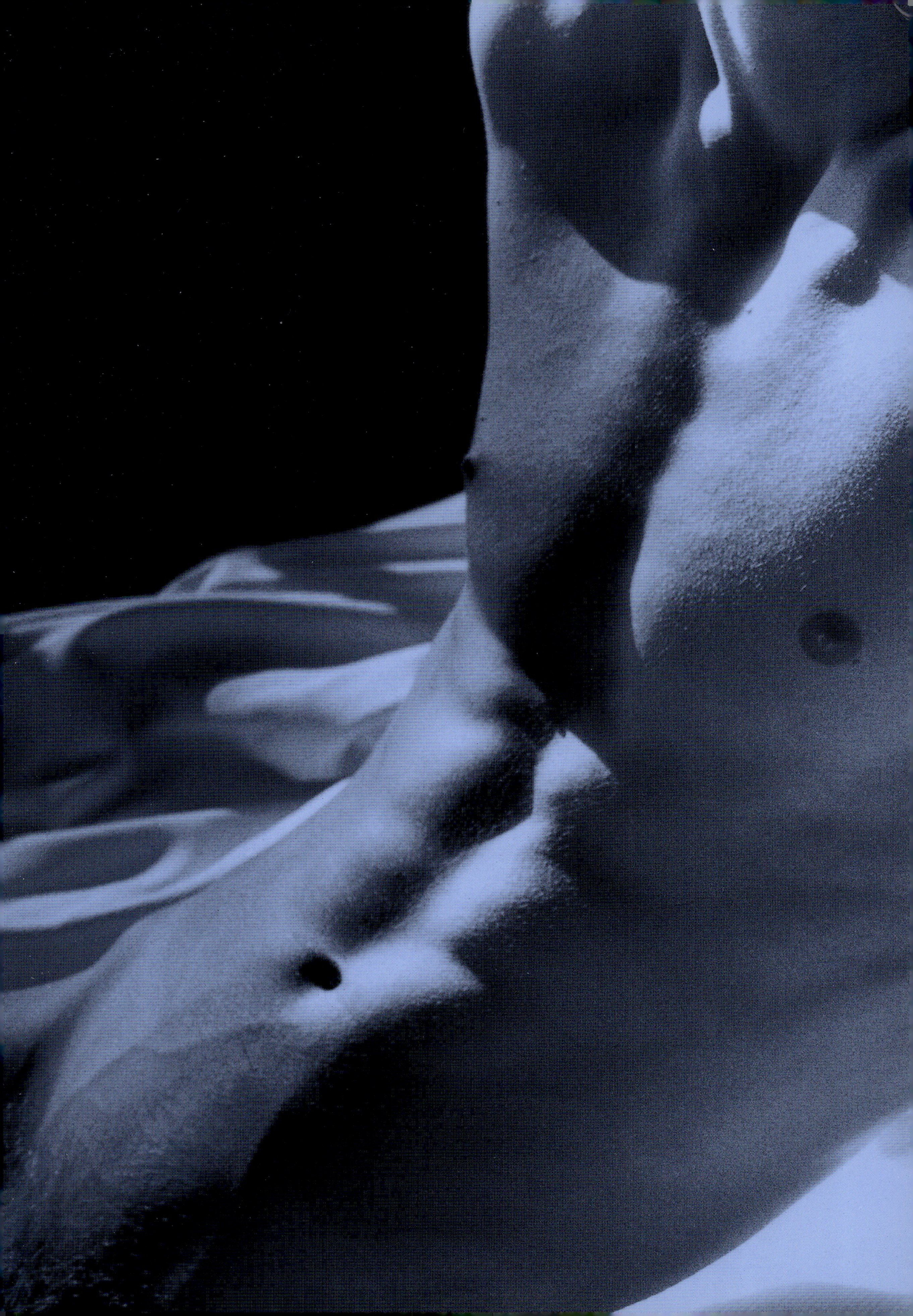

PÁRIZ

Desde siempre me ha seducido la belleza en todas sus manifestaciones: en la pintura, la escultura, la arquitectura... Y en las personas, hombres y mujeres que han nacido con un halo especial, que las convierte en el centro de las miradas. Sí, estoy consciente de que la belleza, sobre todo la física, es muy subjetiva. De ahí que en este primer libro de fotografías dedicado al género MASKULINO, muestro algunos de esos singulares seres, tan disímiles física y culturalmente, que tienen como común denominador el ser naturalmente atractivos, según mi muy particular apreciación. Además, se encuentran también en un momento álgido de sus vidas, en el que prevalece su juventud, su desarrollo emocional y físico, convirtiéndolos —casi sin proponérselo— en seres poderosamente sensuales.

Es común que quienes hayan visto algo bello lamenten no haberlo podido plasmar en alguna imagen. Antes de iniciar mi aventura fotográfica, solía lamentarme también de no haber contado con evidencia impresa de todas esas gentes, lugares y objetos que me habían cautivado. Entonces, un día tomé una cámara de 35 milímetros y, en cuanto me fue posible, comencé a fotografiarlos. Experimenté así la magia de un surrealismo implícito en toda actividad fotográfica: como si por el hecho de mirar la realidad como un objeto —mediante la fijación de la fotografía— ésta fuera de veras real, es decir, surreal. Esa "fijación" me permitió, de pronto, poderme demorar a gusto en la contemplación de mi objetivo en un solo momento. Y es que la vida no consiste en detalles significativos fijados para siempre con un "clic". Las fotografías sí.

For as long as I can remember I have been captivated by beauty in all its forms: in painting, in sculpture, in architecture... And in people—both men and women—who have been born with that special aura that makes them the object of everyone's gaze. Of course, I am aware that beauty, above all physical beauty, is very subjective. Thus, in this first book devoted to MASKULINO, I present some of those special beings, so physically and culturally diverse, who possess that common denominator—innate attractiveness—that appeals to my very personal taste. In addition, they are captured in a frozen moment of their lives, in their youth, their emotional and physical growth, and that changes them—almost unintentionally—into powerfully sensual creatures.

All too often, having seen something beautiful, one regrets not having been able to capture some image of it. Before I began my adventure in photography, I also lamented that I had no concrete printed evidence of all those people, places and objects that had captivated me. So, one day I took a 35 millimeter camera and, as soon as possible, began to photograph them. Thus, I experienced the magic of a surrealism implicit in all photographic activity: as if by means of the act of seeing the reality as an object—through the fixing of photography—this object is beyond the truly real, in other words, surreal. This "fixing" soon allowed me to linger at will in the contemplation of my subject captured in a single moment. While life itself does not consist of significant details fixed forever with a "click," in photographs, it does.

Photography has inspired me tacitly—although most of the time, explicitly—to continue observing; in the case of this book, MASKULINO, observing masculine youth in all its physical and human

La fotografía me ha permitido alentar tácita —aunque las más de las veces, explícitamente— con la continuación del hecho observado; en el caso de este libro, el joven MASKULINO en toda su dimensión física y humana. Y es que como alguna vez escribió la controvertida fotógrafa Diane Arbus, para mí sacar fotos también ha sido algo muy parecido a una travesura; la cámara me ha significado un pasaporte que elimina las fronteras morales y las inhibiciones sociales, liberándome del conservadurismo y de las reacciones cautelosas impuestas por la sociedad que me ha rodeado.

Al elegir a cada uno de los modelos de este libro, no he reparado en los estereotipos convencionales de belleza o sensualidad masculinas. Basta que ese ser me haya "atrapado", sin casi poder explicar porqué, para que haya surgido en mí la imperiosa necesidad de brindarle la opción de trascender en el tiempo. Sin embargo, para mi sorpresa, en la mayoría de estas fotografías mis intenciones originales dieron lugar a otro feliz e inesperado descubrimiento: el de la esencia pura —intrínseca— de cada joven, lo que se tradujo en un mutuo y absoluto entendimiento surgido durante las sesiones, como un chispazo entre el modelo y yo.

Intento realizar mi trabajo con espíritu de profundo respeto, amistad y serenidad, creando así el clima necesario para que se dé esa entrega desinhibida ante la cámara. Por ello, cualquiera que sea la locación elegida —desde una pequeña habitación hasta una enorme playa desierta— de inmediato la declaro mi *témenos* —a semejanza del lugar sagrado de los antiguos griegos—; espacio donde podré expresarme libremente, incluso a veces con los recursos fotográficos más básicos, pero siempre desprovisto por completo de cualquier interferencia

dimensions. And just as the controversial photographer Diane Arbus once wrote, taking pictures for me has also been something very like mischief; the camera has represented for me a passport that removes moral borders and social inhibitions, freeing me from all the conservatism and cautious responses imposed by the society around me.

In choosing each of my models in this book, I did not rely on the conventional stereotypes of beauty or masculine sensuality. It's enough that that person had "trapped" me, without really being able to explain why, because I had felt an urgent need to bring forth the option of going beyond time. Nevertheless, much to my surprise, in the majority of these photographs my original intentions yielded to another happy and unexpected discovery: of the pure essence—inherent—in each young man, which translated into a mutual and absolute understanding that grew during the sessions like a spark between the model and me.

I try to do my work in a spirit of profound respect, friendship and serenity, thereby creating the atmosphere necessary to eliminate any inhibitions before the camera. To that end, whatever the chosen location—from a small room to a large empty beach—I immediately declare it my "temenos"—for its similarity to a sacred place of the ancient Greeks—a space where I can express myself freely, including at times with the most basic of photographic resources, but always without the slightest interference between the model and myself. The result—the photos published here.

Therefore, what is my message? Transparent and mysterious at the same time. I have wanted to transform each of these young men into an icon that could be possessed symbolically, sharpening the sensual, erotic, emotional, and even spiritual

entre el modelo y yo. El resultado, son las fotografías aquí publicadas.

Por tanto, ¿cuál es mi mensaje? Transparente y misterioso a la vez. He querido transformar a cada uno de estos jóvenes en íconos que puedan ser poseídos simbólicamente, agudizando los sentimientos sensuales, eróticos, emocionales e incluso hasta espirituales de quien los observa. Expresar en cada imagen: ésta es la superficie. Ahora piensen —o mejor aún, sientan, intuyan—, si ésta es la apariencia de cada joven, qué habrá más allá y cómo será su realidad. Invito a la deducción, a la imaginación, a la especulación... a la fantasía.

Por último, los modelos... Fotografiar es conferir importancia. Para mí, cada modelo es único e importante en sí mismo; es una celebridad y nadie más interesante que los demás. Muchas personas se ponen nerviosas cuando están por fotografiarse, pues temen la reprobación de la cámara. No es el caso de mis modelos. Todos los que aquí aparecen fueron elegidos, entre otras razones, por su gran audacia, seguridad en sí mismos y desinhibición. Por todo ello y por confiar plenamente en mí, les estaré eternamente agradecido. A ellos dedico este libro.

feelings in whoever sees them. To express in each photo: this is the surface. Now, think—or better still, feel, intuit: if this is the appearance of each young man, what more there could be and how the reality would be. I invite you to the deduction, to the imagination, to the speculation... to the fantasy.

Finally, the models... To photograph is to bestow importance. For me, each model is important in himself; he is a celebrity and no one is more interesting than the others. Many people become uneasy in front of a photographer, fearing the disapproval of the camera. But that is not the case with my models. All those appearing here were selected for, among other reasons, their true courage, self-confidence, and lack of inhibition. For all that, and for trusting me completely, I will be eternally grateful to them. I dedicate this book to them.

PÁRIZ

CIUDAD DE MÉXICO, NOVIEMBRE DEL 2003 • *MEXICO CITY, NOVEMBER, 2003*

Los modelos saben que posan para PÁRIZ. Determinados, conscientes de sí mismos, miran a la cámara y en cierta manera poseen al fotógrafo y son ellos quienes lo retratan. Es más, se lo tragan. PÁRIZ es demasiado inocente y ellos demasiado seductores. El desnudo masculino es estatuario; todos son Michelángelos en potencia y han ido con el sastre de piedra a mandarse hacer el traje que llevarán puesto de aquí a la eternidad.

PÁRIZ mismo exclama a cada toma: "Miren, miren, el Rey camina desnudo".

La malicia está ausente y el sentido del humor aflora tímidamente en estas fotografías, quizá porque PÁRIZ no ha olvidado del todo que la vida es juego. "Nunca sabremos lo que otros saben ni lo que piensan de nosotros", escribió Marguerite Yourcenar. Es evidente que PÁRIZ permanece ajeno a lo que sus modelos piensan de él. Y si lo sabe, no le importa.

PÁRIZ inicia en México con MASKULINO el arte del desnudo masculino y nos asegura que fotografiar es conferir importancia. Y ésa es la importancia que da a sus modelos. PÁRIZ, que ya había expuesto en México en varias galerías y en un museo, ahora nos entrega un libro fruto de muchos años de viajes por el mundo entero. Sus modelos provienen de la República Checa y de Eslovaquia, de Alemania y de los Estados Unidos, de Canadá y de Argentina, de España y de Brasil, de Nueva Zelanda y de Venezuela, de Inglaterra, de Croacia y de Perú, de Holanda y de Hungría, de China y de Francia, de Uruguay y de México, su país de origen, donde retrata, entre muchos otros, a un "mil-usos" en la playa de Acapulco. A todos les rinde el homenaje de reconocerlos por su nombre y a todos les da las gracias. Ellos ofrendan su belleza negra, asiática, blanca, latinoamericana. Los acompaña el mar, que a su vez es lecho y telón de fondo. Y tanto el mar como las sábanas sobre las que los modelos se tienden a esperar, nos hacen comulgar con el discurso liberal y sin prejuicios de PÁRIZ, que tanta falta hace en México.

The models know that they are posing for PÁRIZ. Determined, self-confident, gazing at the camera and in a certain way possessing the photographer, they are the ones taking his portrait. More than that, they are devouring him. PÁRIZ is too innocent and they are too seductive. The male nude is sculpture; all are potential Michelangelos and they have gone to the tailor in stone to have the suit made that they will wear from here to eternity.

PÁRIZ himself exclaims in each shot: "Look, look, the Emperor has no clothes."

Wickedness is absent and a sense of humor crops up shyly in these photographs, perhaps because PÁRIZ has not forgotten that all of life is a game. "We will never know what others know nor what they think of us" —Marguerite Yourcenar has written. It's clear that PÁRIZ remains unaware of what his models think of him. And if he does know it doesn't matter.

With MASKULINO PÁRIZ introduces in Mexico the art of the male nude and assures us that to photograph is to confer importance. And this is the importance that he gives to his models. PÁRIZ, who has already exhibited in Mexico in various galleries and in a museum, now presents us with a book — the fruit of many years of travel throughout the entire world. His models come from the Czech Republic and Slovakia, from Germany and the United States, from Canada and Argentina, from Spain and from Brazil, from New Zealand and from Venezuela, from England, from Croatia and Peru, from Holland and from Hungary, from China and France, from Uruguay and from Mexico, his native land, where he gives us the portrait of a handyman on the beach at Acapulco. He pays homage to them all, recognizing them with their names, and to all he gives his thanks. They offer their black, Asian, white and Latin American beauty. They are accompanied by the sea, which is both bed and backdrop. And as much as the sea, like the sheets on which the models stretch in anticipation, they make us commune with PÁRIZ's liberal and prejudice-free discourse that is so sorely missing in Mexico.

ELENA PONIATOWSKA AMOR

Ciudad de México, febrero del 2004 • *Mexico City, February, 2004*

PÁRIZ

"NO SE PUEDE DECLARAR QUE SE HA VISTO ALGO EN VERDAD, HASTA QUE NO SE LE HA FOTOGRAFIADO"

ÉMILE ZOLA, *tras quince años de fotógrafo aficionado (1901)*

"ONE CANNOT DECLARE THAT HE HAS TRULY SEEN SOMETHING UNTIL HE HAS PHOTOGRAPHED IT."

ÉMILE ZOLA, *after fifteen years of amateur photography (1901)*

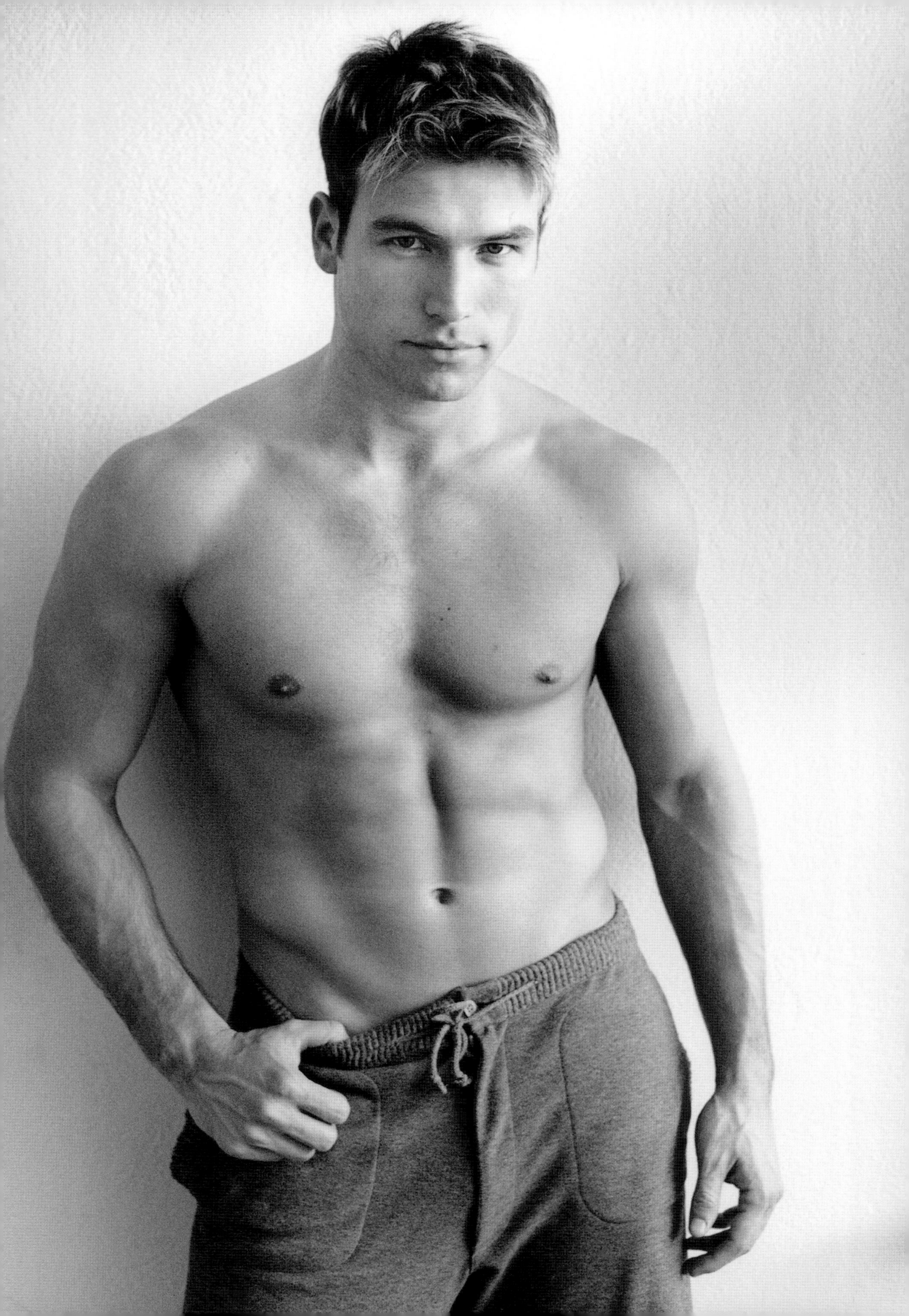

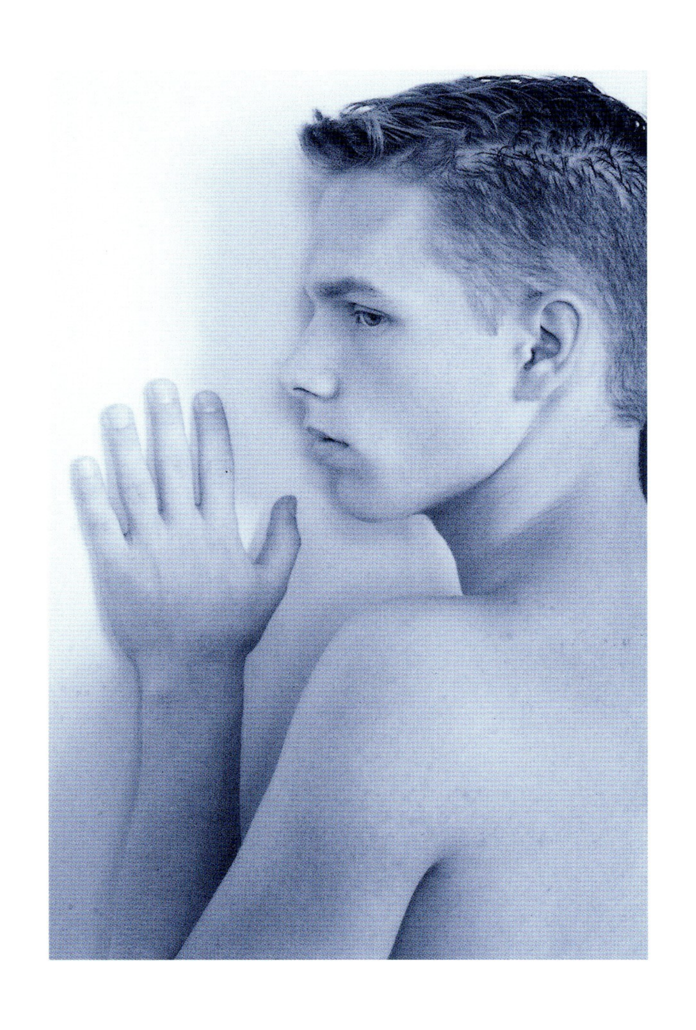

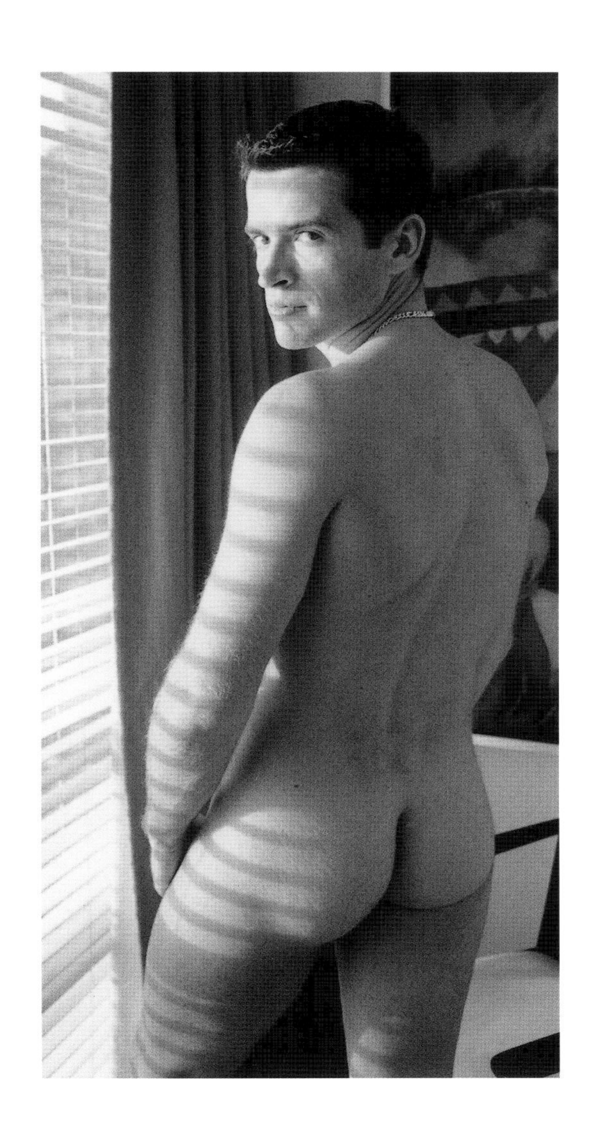

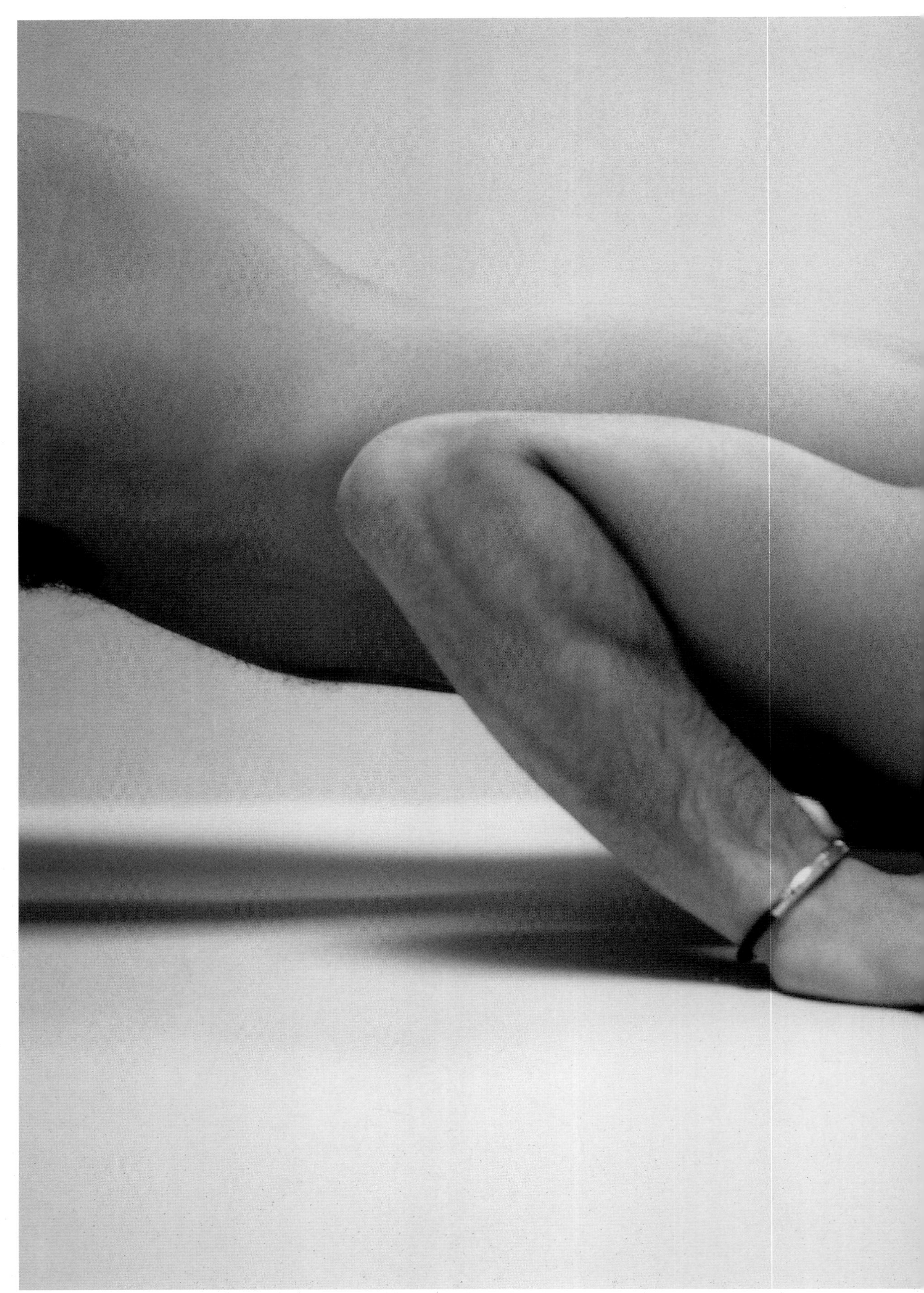

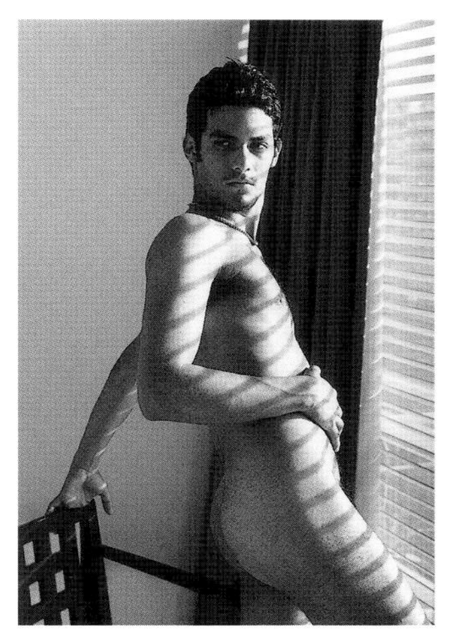

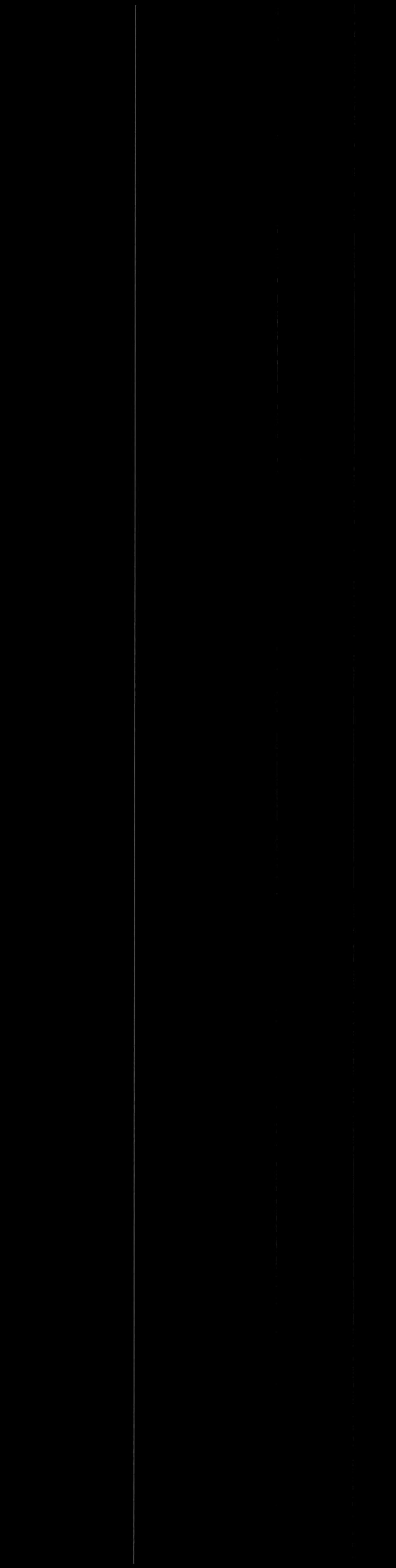

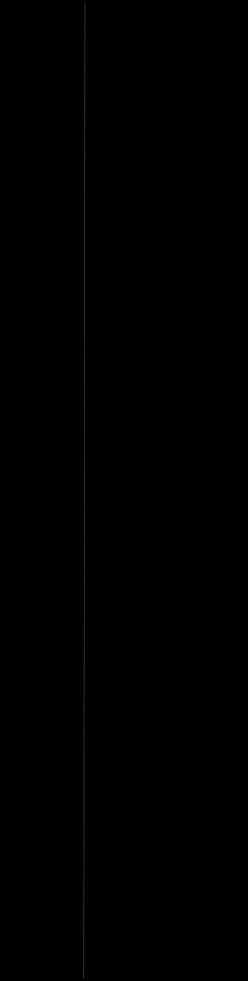

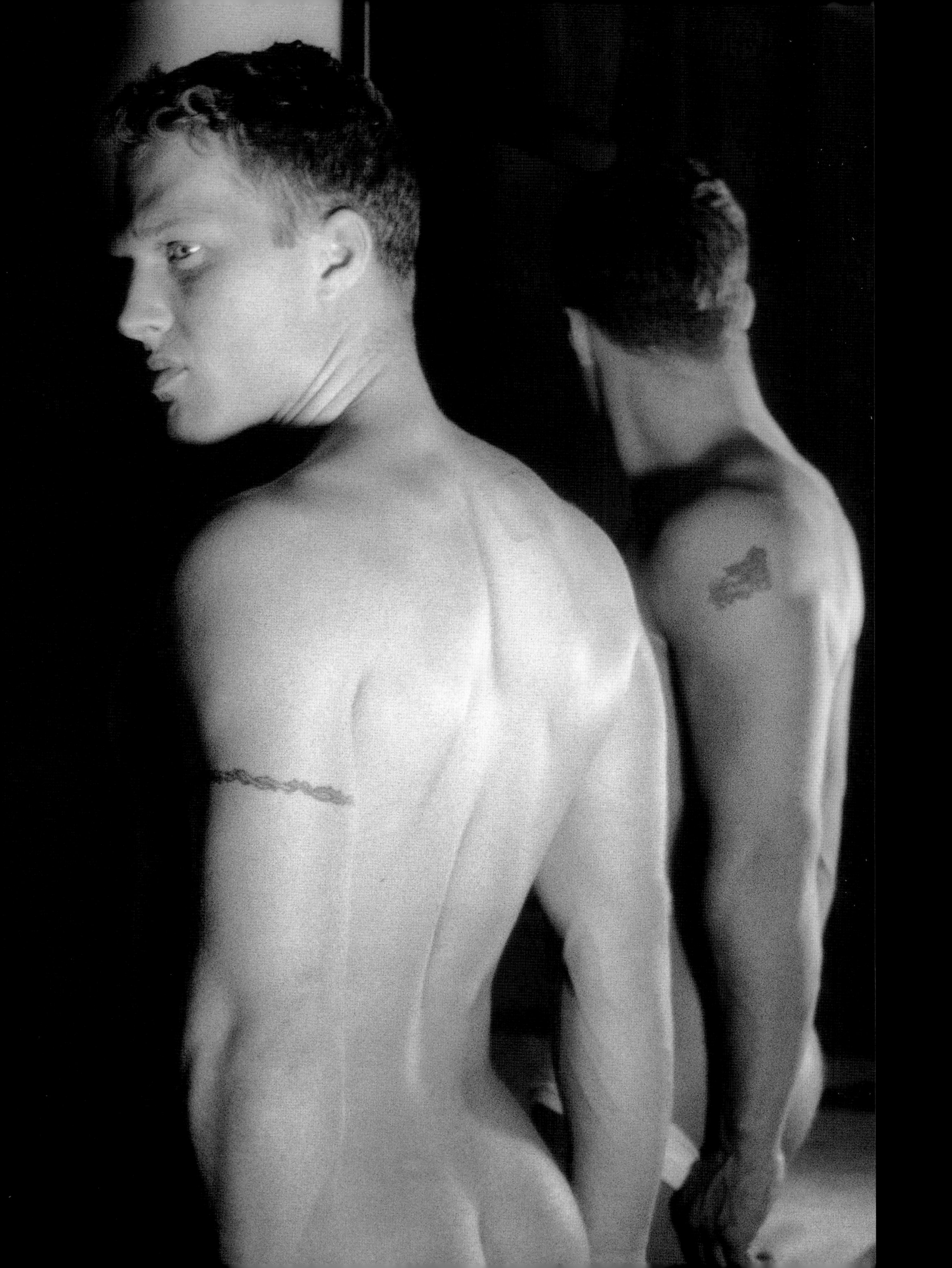

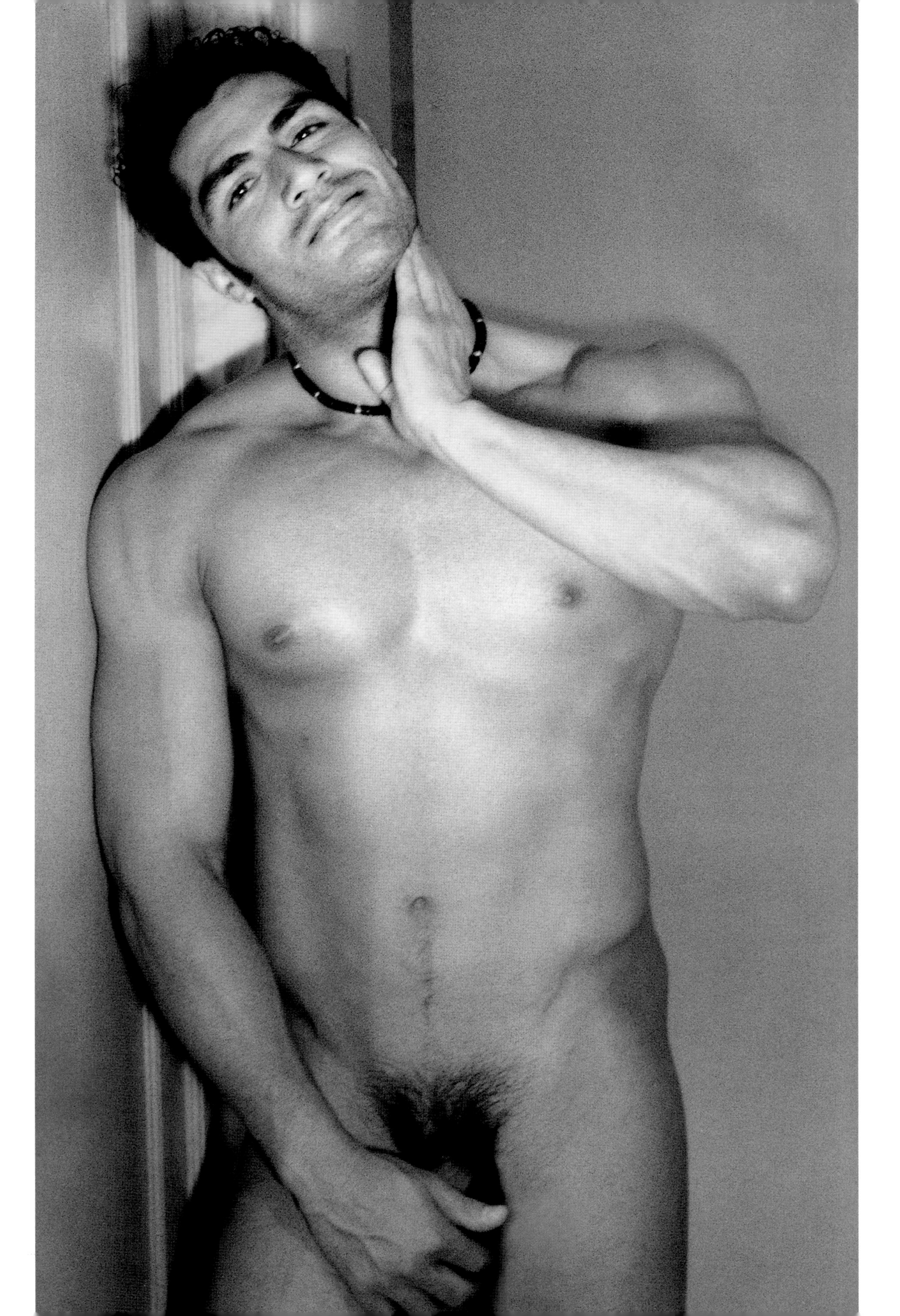

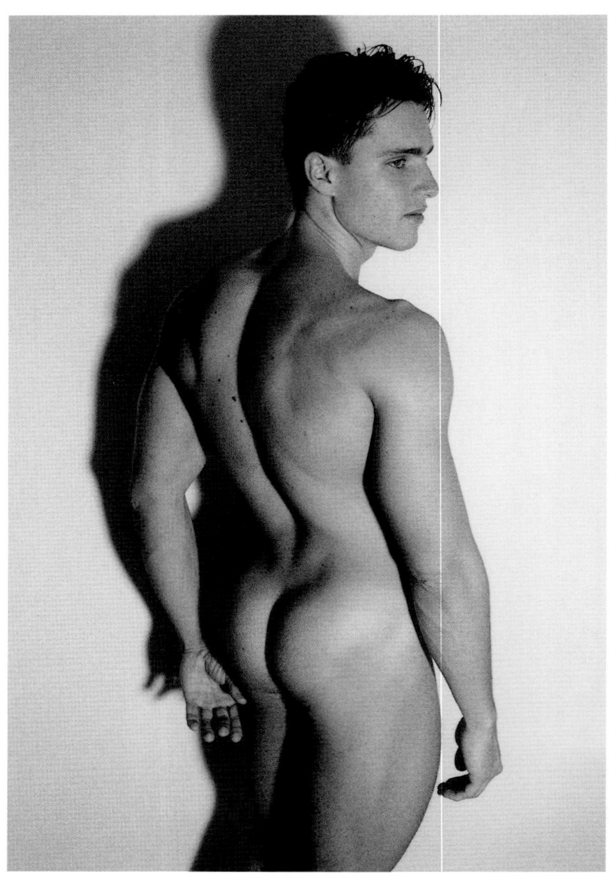

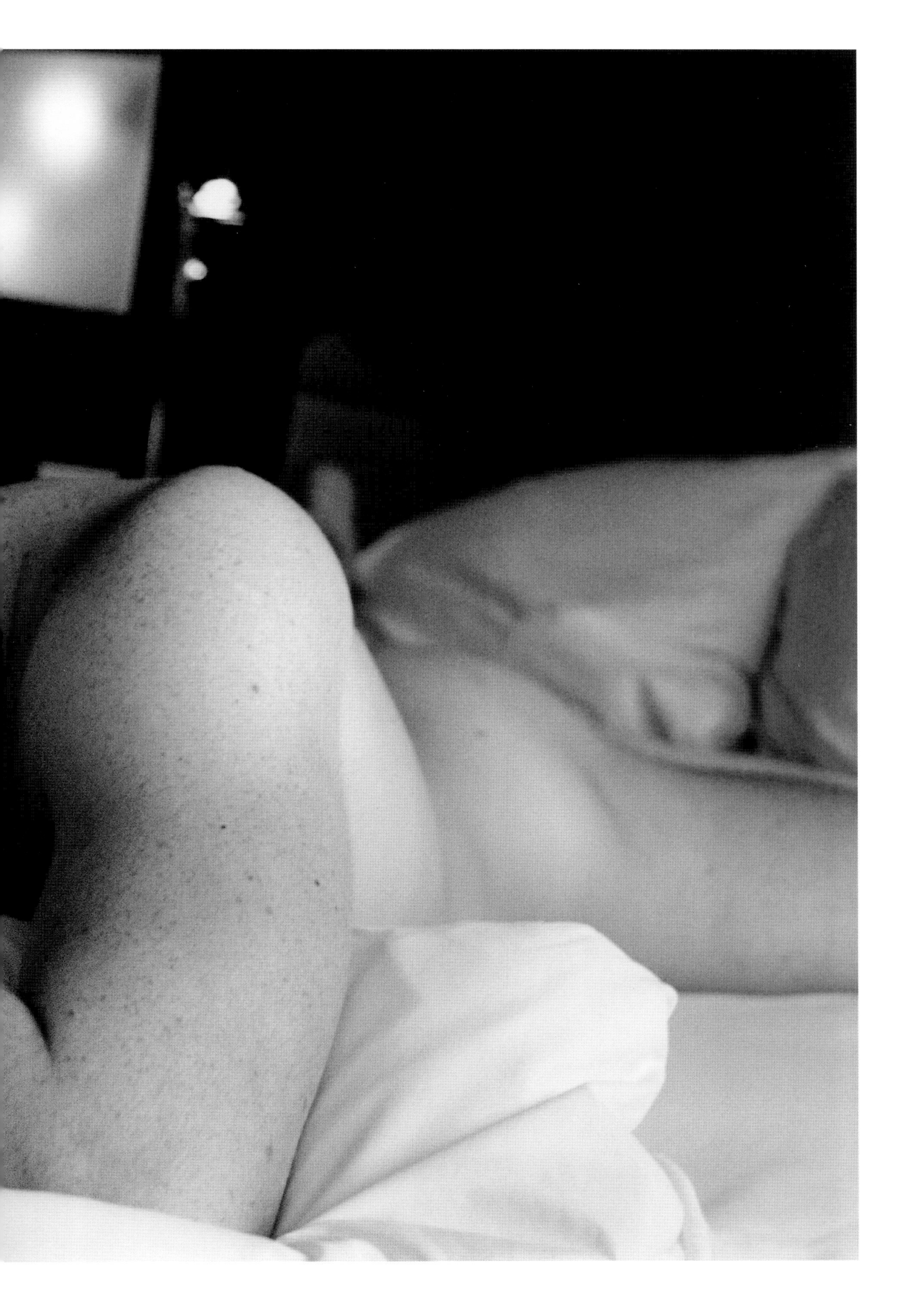

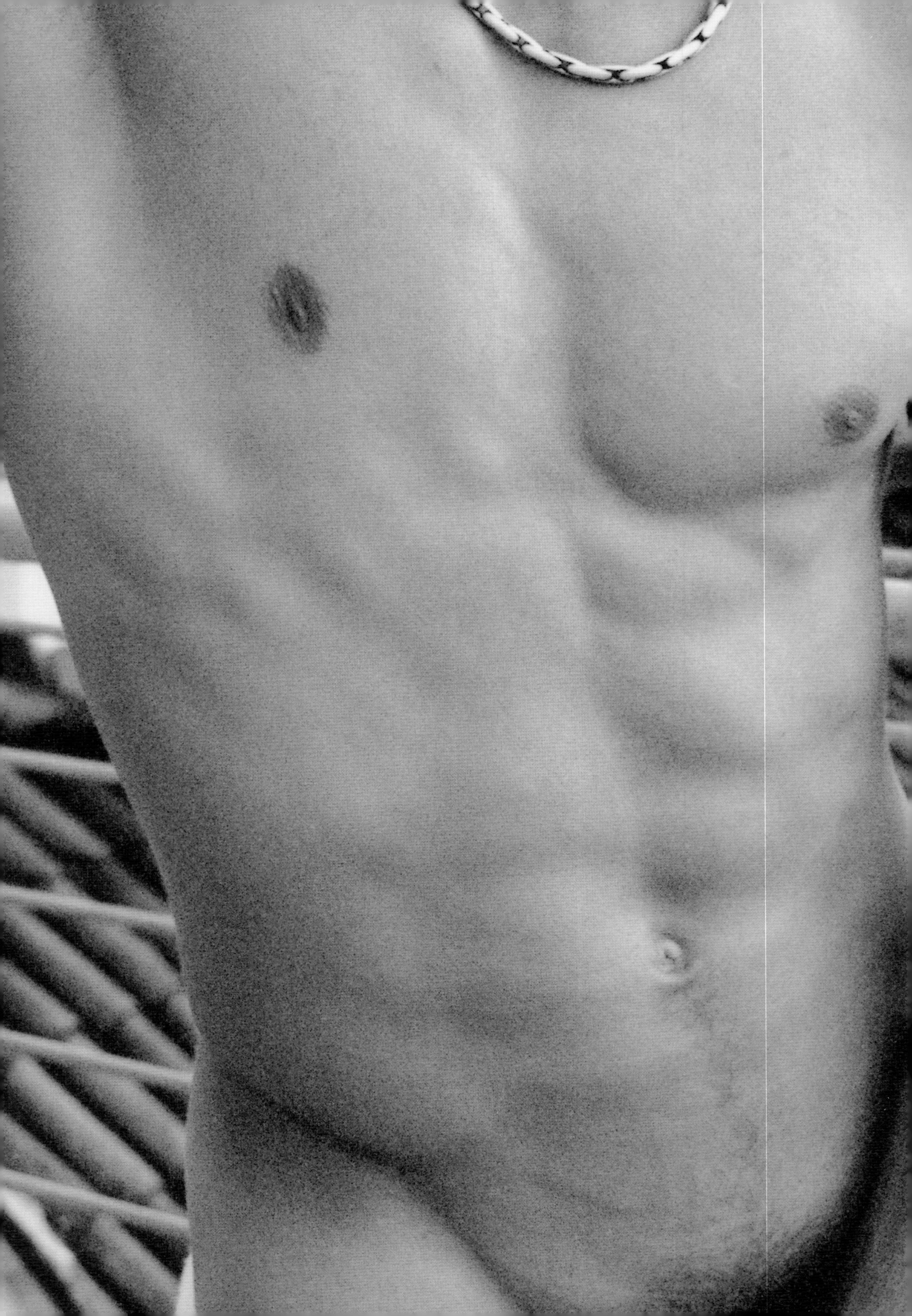

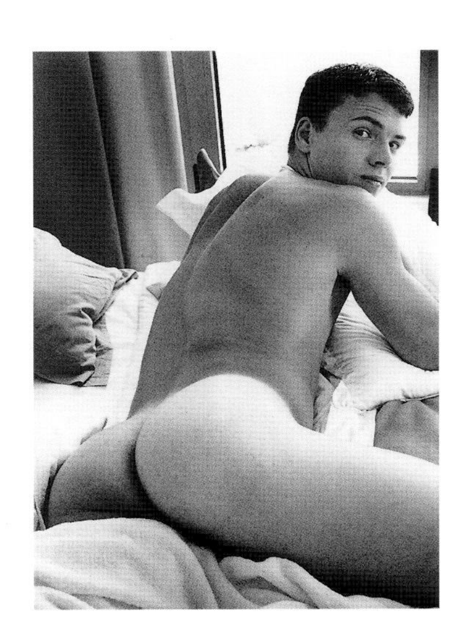

PÁRIZ

NACE EN LA CIUDAD DE MÉXICO EN 1958. Estudia Derecho y ejerce como abogado corporativo por veinte años. Aficionado y autodidacta en sus comienzos, hace más de diez años saca sus primeras fotos de paisaje y de retrato a amistades, modelos y artistas del espectáculo y de la plástica, tanto en México como en sus innumerables viajes alrededor del mundo. Desde entonces a la fecha, sus fotos han aparecido en publicaciones muy variadas en Latinoamérica, EUA y Europa; se han exhibido en galerías de arte y en el Museo del Chopo en la Ciudad de México. Viajero incansable, actualmente dedica la mayor parte de su tiempo a la fotografía de retrato y a vivir entre la Ciudad de México, Madrid y Nueva York.

PÁRIZ WAS BORN IN MEXICO CITY IN 1958. He studied law and practiced corporate law for twenty years. Originally a self-taught amateur, he first photographed, more than ten years ago, landscapes and portraits of friends, models, actors and artists of fine arts in Mexico and on his innumerable world travels. From that time until the present his photos have appeared in very diverse publications of Latin America, the United States and Europe; they have been exhibited in art galleries and in the Museo del Chopo in Mexico City. An indefatigable traveler, he now devotes most of his time to photography and portraiture, dividing his time between Mexico City, Madrid, and New York.

Rafael Amaya
Mexicano • Mexican
Ciudad de México • Mexico City
2001
p. 19

Martin Bernard
Checo • Czech
Praga • Prague
2002
p. 20

Peter Kytlica
Eslovaco • Slovak
Bratislava
2003
p. 21

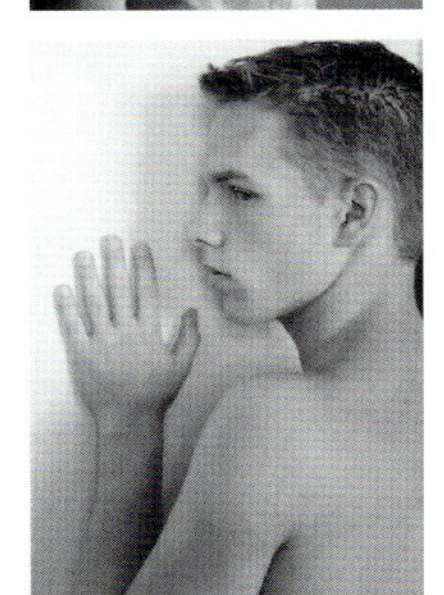

David Pícha
Checo • Czech
Ámsterdam
2002
p. 22

Pascal Paoli
Francés • French
Ciudad de México • Mexico City
2002
p. 23

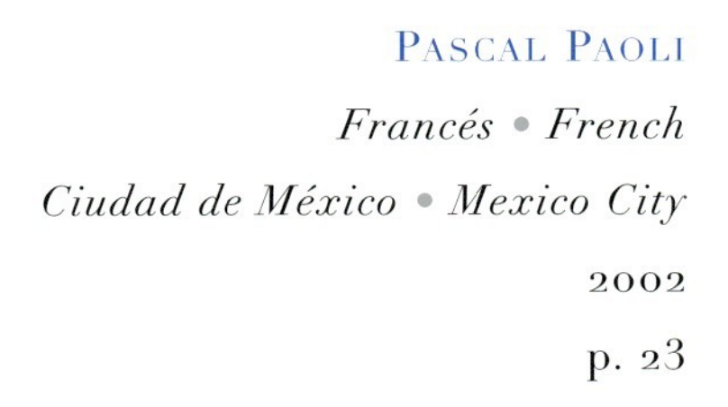

Ondréj Nejedlý
Checo • Czech
Praga • Prague
2003
p. 24

Ondréj Nejedlý
Checo • Czech
Praga • Prague
2003
p. 25

Martin Bernard
Checo • Czech
Praga • Prague
2002
p. 27

Manuel Balbi
Mexicano • Mexican
Ciudad de México • Mexico City
2002
p. 28

Rodrigo Salem
Peruano • Peruvian
Ciudad de México • Mexico City
2003
Escultura • Sculpture
Javier Marín
p. 29

Rodrigo Salem
Peruano • Peruvian
Ciudad de México • Mexico City
2003
p. 30

Rodrigo Salem
Peruano • Peruvian
Ciudad de México • Mexico City
2003
p. 31

Rodrigo Salem
Peruano • Peruvian
Ciudad de México • Mexico City
2003
pp. 32-33

Sylvio Amiloni
Canadiense • French=Canadian
Montréal
2003
p. 39

Jon Mak
Chino • Chinese
Hong-Kong
2002
p. 34

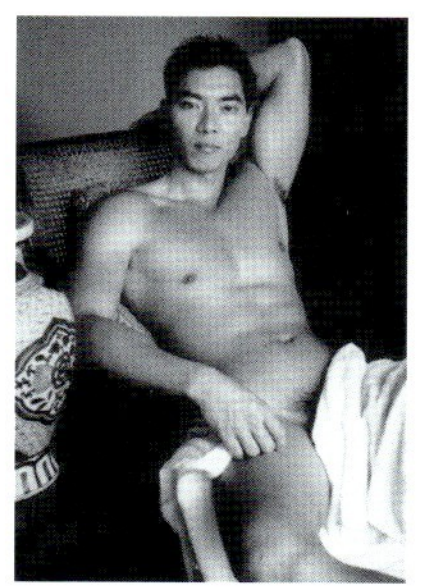

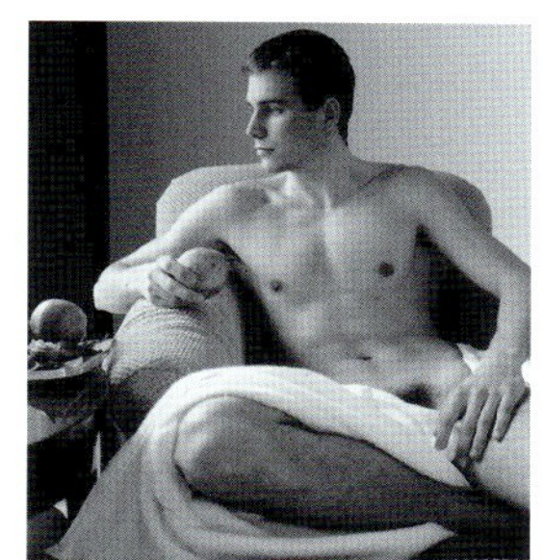

Čestmír Procházka
Checo • Czech
Praga • Prague
2002
p. 41

Pascal Paoli
Francés • French
Ciudad de México • Mexico City
2002
p. 35

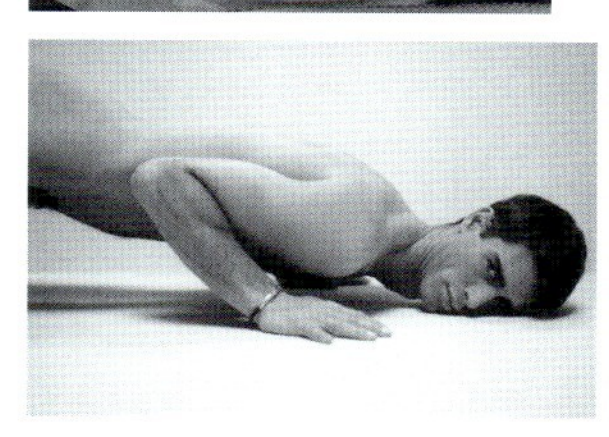

Michel Pelletier
Canadiense • French=Canadian
Toronto
2003
pp. 42-43

Igor Černý
Checo • Czech
Praga • Prague
2002
p. 37

Óscar Montesinos
Mexicano • Mexican
Ciudad de México • Mexico City
2000
pp. 44-45

Sylvio Amiloni
Canadiense • French=Canadian
Montréal
2003
p. 38

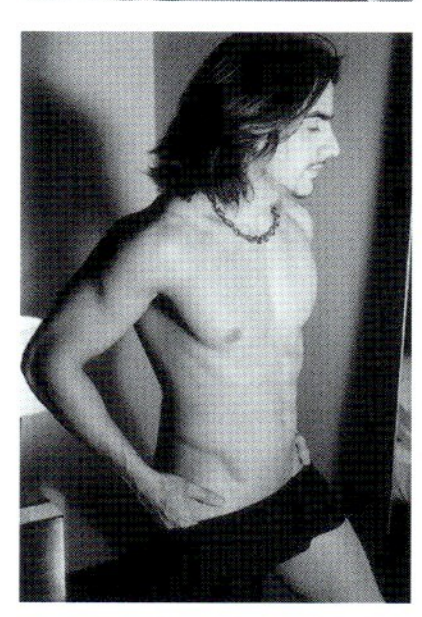

Felipe Ugarte
Español • Spaniard
Acapulco
2001
p. 47

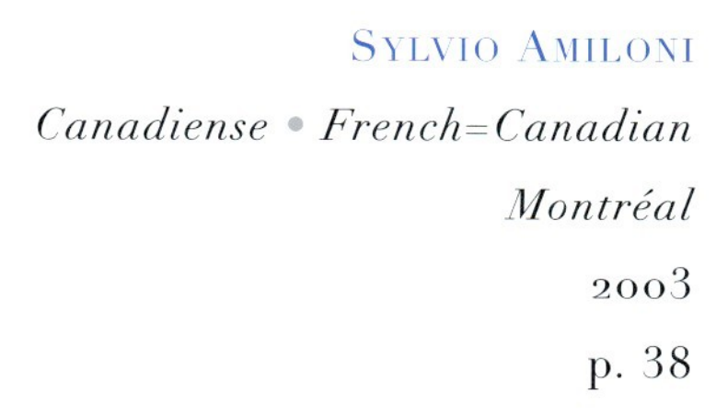

Sylvio Amiloni
Canadiense • French=Canadian
Montréal
2003
p. 38

Kristijan Mihaljevk
Croata • Croatian
Ciudad de México • Mexico City
2003
p. 48

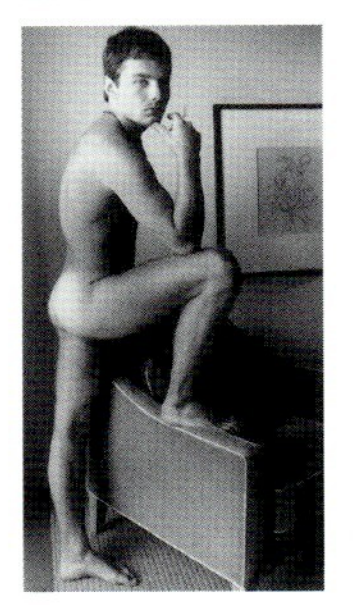

Adrián Hernández
Mexicano • Mexican
Ciudad de México • Mexico City
2003
p. 66

Alexis Sarkady
Estadounidense • American
Las Vegas
2003
p. 73

Martin Krespis
Checo • Czech
Praga • Prague
2002
p. 67

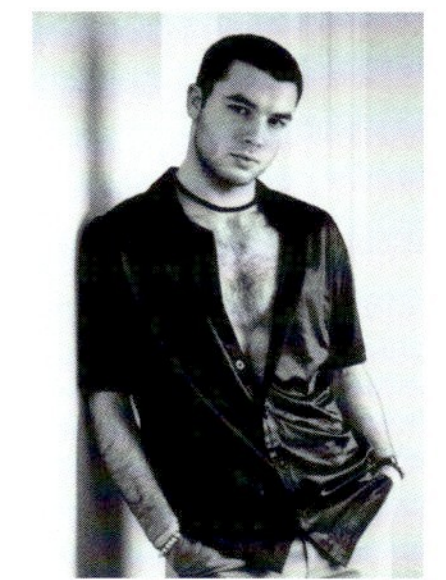

Petr Svoboda
Checo • Czech
Ibiza
2001
p. 75

Čestmír Procházka
Checo • Czech
Praga • Prague
2003
p. 68

Bryan Heygood
Estadounidense • American
Los Ángeles
2003
p. 76

Kenny Robitaille

Canadiense • French=Canadian
Nueva York • New York City
2001
p. 69

Petr Svoboda
Checo • Czech
Ibiza
2001
p. 77

David Pícha
Checo • Czech
Praga • Prague
2002
p. 70

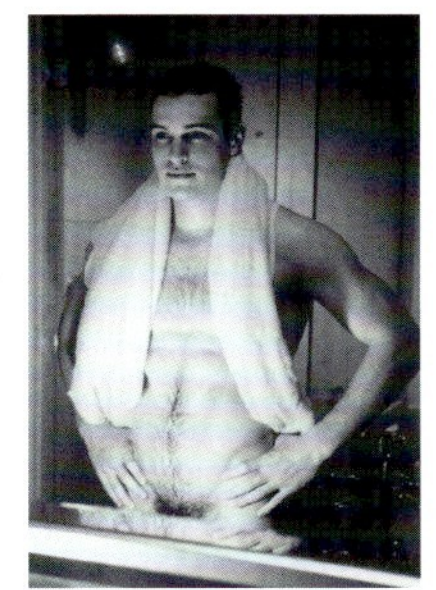

Hugo Catalán
Mexicano • Mexican
Ciudad de México • Mexico City
2003
p. 78

Miguel Ángel Durán
Mexicano • Mexican
Ciudad de México • Mexico City
2002
p. 71

Hugo Catalán
Mexicano • Mexican
Ciudad de México • Mexico City
2003
p. 79

Hugo Catalán
Mexicano • Mexican
Ciudad de México • Mexico City
2003
p. 79

Claudio Martin
Mexicano • Mexican
Ciudad de México • Mexico City
2001
p. 88

Hugo Catalán
Mexicano • Mexican
Acapulco
2003
p. 81

Franco Gala
Mexicano • Mexican
Ciudad de México • Mexico City
2002
p. 90

Josué Molina
Mexicano • Mexican
Acapulco
2003
p. 82

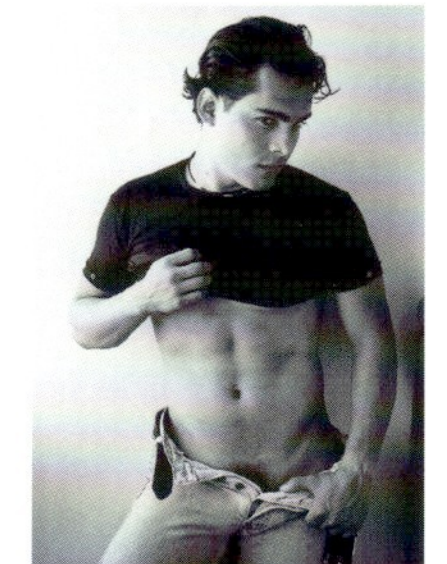

Scott Green
Canadiense • Canadian
Toronto
2003
p. 91

Ezequiel Martín
Argentino • Argentine
Buenos Aires
2003
p. 83

Fabián Storniolo
Argentino • Argentine
Ciudad de México • Mexico City
2002
p. 92

Horacio Besson
Mexicano • Mexican
Ciudad de México • Mexico City
2001
p. 84

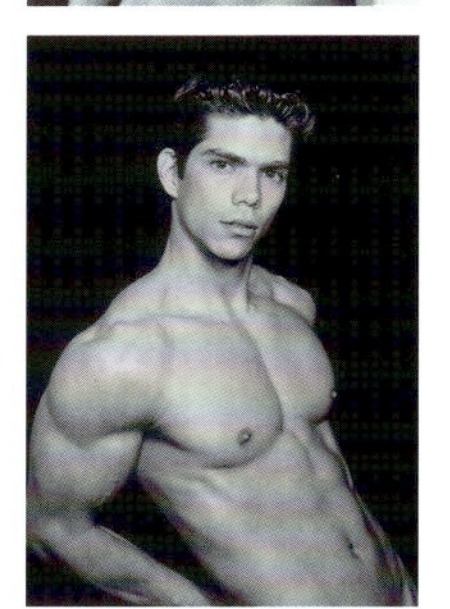

Fabián Storniolo
Argentino • Argentine
Ciudad de México • Mexico City
2002
p. 93

Claudio Martin
Mexicano • Mexican
Ciudad de México • Mexico City

2001
p. 87

Michal Wolf
Eslovaco • Slovak
Bratislava
2003
p. 95
Portada • Cover

Michal Wolf
Eslovaco • Slovak
Bratislava
2003
p. 97

Mark Soanes
Inglés • British
Londres • London
2003
p. 106

Ken Hekman
Estadounidense • American
Nueva York • New York City
2003
p. 99

Mark Soanes
Inglés • British
Londres • London
2003
p. 106

Prayut Sriyotha
Tailandés • Thailandese
Bangkok
2002
pp. 100-101

Mark Soanes
Inglés • British
Londres • London
2003
p. 107

Roman Szenczi
Checo • Czech
Nueva York • New York City
2000
pp. 102-103

Luis Carmona
Mexicano • Mexican
Ciudad de México • Mexico City
1998
p. 108

Hughes Plantz
Canadiense • French-Canadian
Nueva York • New York City
2004
p. 104

Marcelo G. Ávila
Argentino • Argentine
Buenos Aires
2003
p. 109

Philip Watrous
Estadounidense • American
Los Ángeles
2002
p. 105

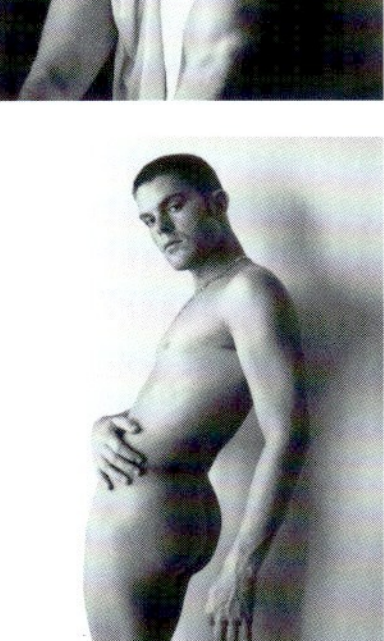

Marius Ruja
Canadiense • Canadian
Toronto
2003
p. 110

Alexey Petukhov

Ruso • Russian

Madrid

2003

p. 111

Tomáš Kráčalík

Eslovaco • Slovak

Bratislava

2003

p. 117

Leonardo de Paula

Brasileño • Brazilian

São Paulo

2003

p. 112

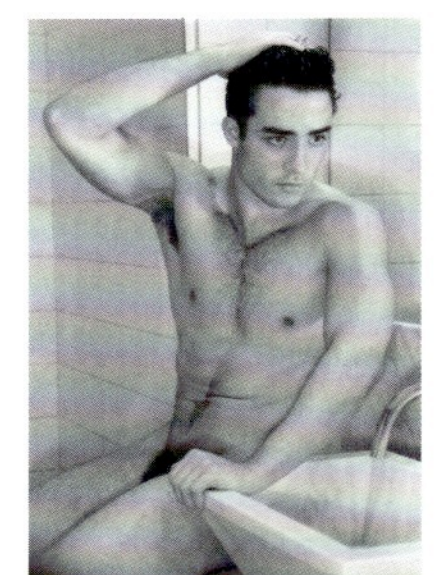

Jonathan Meloche

Canadiense • French-Canadian

Montréal

2003

p. 118

Tomy Richer

Canadiense • French-Canadian

Montréal

2003

p. 113

Levente Ledényi

Húngaro • Hungarian

Budapest

2003

p. 119

Petr Stráský

Checo • Czech

Los Ángeles

2003

p. 114

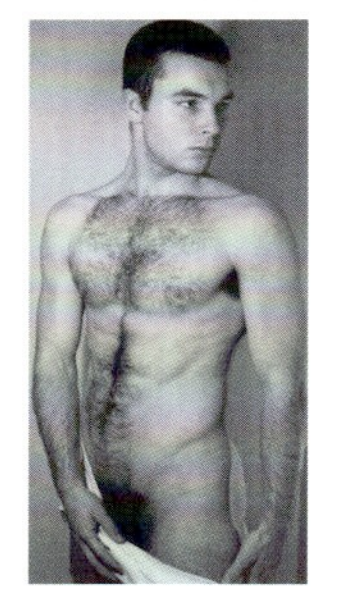

Martin Krespis

Checo • Czech

Praga • Prague

2002

p. 120

Guillaume Larivière

Canadiense • French-Canadian

Montréal

2003

p. 115

Karl Végiard

Canadiense • French-Canadian

Montréal

2003

p. 121

Levente Ledényi

Húngaro • Hungarian

Budapest

2003

p. 116

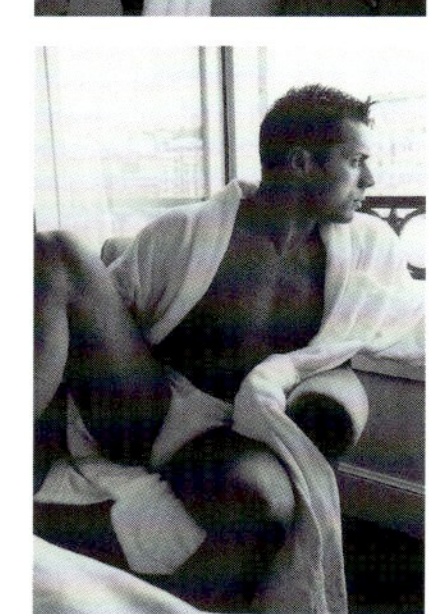

Lucio Román

Español • Spaniard

San Sebastián

2001

p. 122

FERNANDO ALONSO

Mexicano • Mexican

Ciudad de México • Mexico City

2001

p. 123

PIERRE MATHIEU

Canadiense • French-Canadian

Nueva York • New York City

2003

p. 131

ALEXIES ROBLES

Mexicano • Mexican

Acapulco

2002

p. 125

ELÍAS CORDERO

Uruguayo • Uruguayan

Nueva York • New York City

2003

p. 132

ALEXIES ROBLES

Mexicano • Mexican

Acapulco

2002

pp. 126-127

ELÍAS CORDERO

Uruguayo • Uruguayan

Nueva York • New York City

2003

p. 133

ANDRÉ BYES

Estadounidense • American

Nueva York • New York City

2002

p. 128

JEAN-FRANÇOIS THIBAULT

Canadiense • French-Canadian

Montréal

2003

p. 135

EDUARDO BRACAMONTES

Estadounidense • American

Nueva York • New York City

2002

p. 129

SEBASTIÁN POLCINO

Argentino • Argentine

Buenos Aires

2003

p. 137

JAROSLAV JIŘÍK

Checo • Czech

Praga • Prague

2001

p. 130

DAVID LERÍN

Mexicano • Mexican

Acapulco

2003

p. 138

Stephane Venne
Canadiense • French-Canadian
Montréal
2003
p. 139

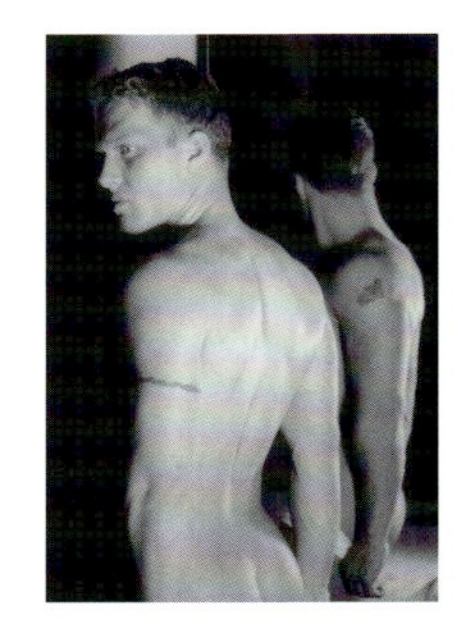

Jozef Čerňan
Eslovaco • Slovak
Praga • Prague
2001
p. 148

Patrick Savard
Canadiense • French-Canadian
Montréal
2003
p. 140

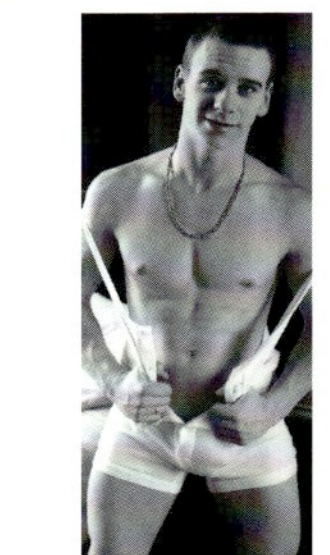

Alberto Carrillo
Español • Spaniard
San Sebastián
2001
p. 150

Fanda Chvojka
Checo • Czech
Praga • Prague
2002
p. 141

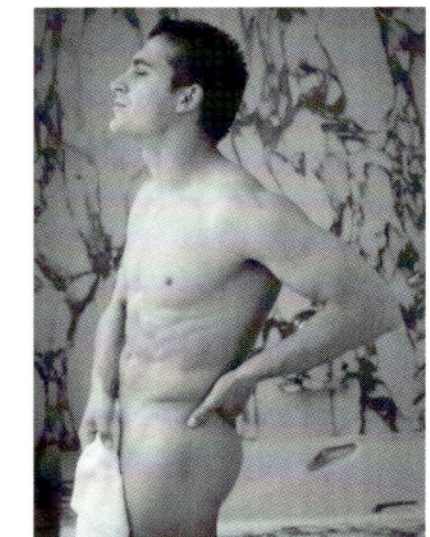

Alberto Carrillo
Español • Spaniard
San Sebastián
2001
p. 153

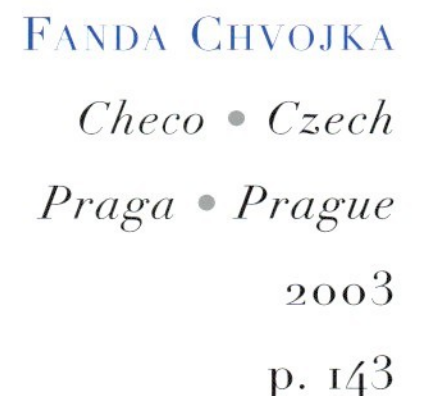
Fanda Chvojka
Checo • Czech
Praga • Prague
2003
p. 143

Alex Francisco Alves
Brasileño • Brazilian
Madrid
2003
p. 154

Fanda Chvojka
Checo • Czech
Praga • Prague
2003
pp. 144-145

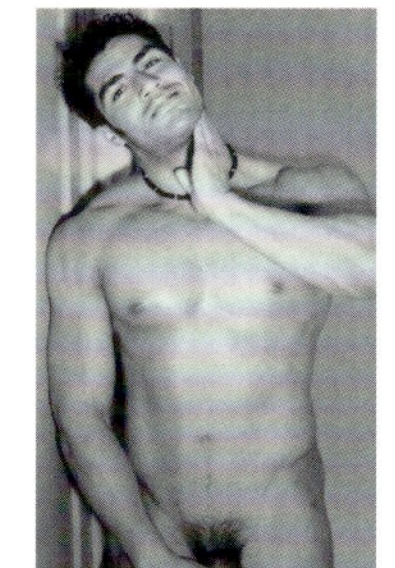

Alex Francisco Alves
Brasileño • Brazilian
Madrid
2003
p. 155

Marek Montwill
Polaco • Polish
Nueva York • New York City
2002
p. 147

Tomáš Hartig
Checo • Czech
Praga • Prague
2003
p. 156

Tomáš Hartig
Checo • Czech
Praga • Prague
2003
p. 156

John van Nordheim
Mexicano • Mexican
Acapulco
2002
p. 163

Tomáš Hartig
Checo • Czech
Praga • Prague
2003
p. 157

Carlos Bisdikián
Venezolano • Venezuelan
Ciudad de México • Mexico City
2001
p. 165

Antonio Mora
Mexicano • Mexican
Ciudad de México • Mexico City
2000
p. 158

Alberto Quintero
Venezolano • Venezuelan
Acapulco
2003
p. 166

Mauricio Maiola
Argentino • Argentine
Ciudad de México • Mexico City
2003
p. 159

Alberto Quintero
Venezolano • Venezuelan
Acapulco
2003
p. 166

John van Nordheim
Mexicano • Mexican
Acapulco
2002
p. 160

Alberto Quintero
Venezolano • Venezuelan
Acapulco
2003
p. 167

John van Nordheim
Mexicano • Mexican
Acapulco
2002
p. 161

Carlos Pérez
Mexicano • Mexican
Acapulco
2001
p. 168

Carlos Pérez

Mexicano • Mexican

Acapulco

2001

p. 169

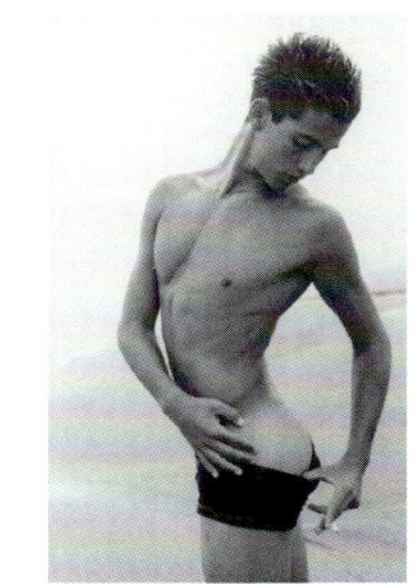

Petr Šťastný

Checo • Czech

Praga • Prague

2002

p. 175

Igor Černý

Checo • Czech

Praga • Prague

2002

p. 171

Martin Červenka

Checo • Czech

Praga • Prague

2002

p. 176

Árpád Valaczka

Húngaro • Hungarian

Budapest

2003

p. 172

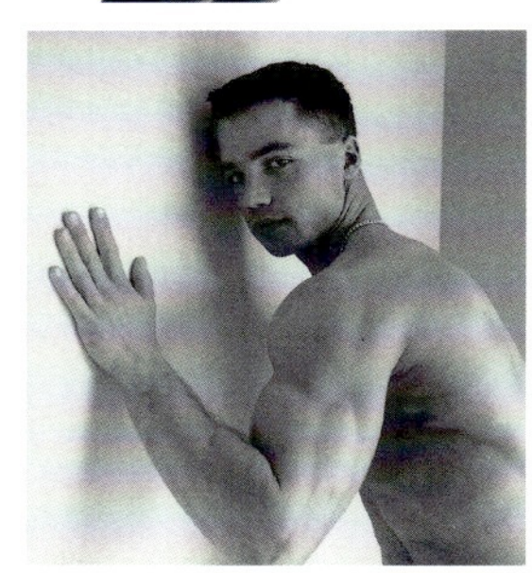

Martin Červenka

Checo • Czech

Praga • Prague

2002

p. 177

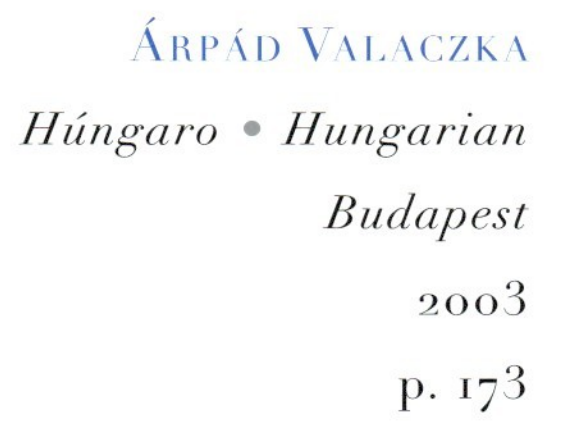

Árpád Valaczka

Húngaro • Hungarian

Budapest

2003

p. 173

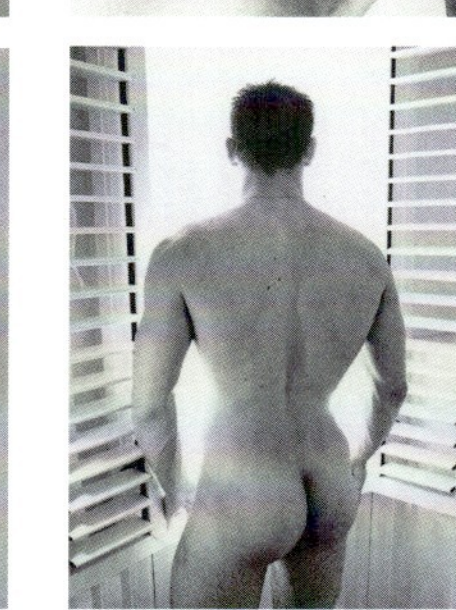

David Pícha

Checo • Czech

Praga • Prague

2002

p. 178

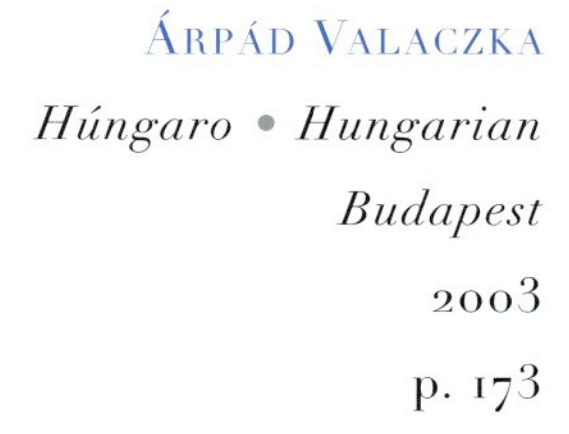

Árpád Valaczka

Húngaro • Hungarian

Budapest

2003

p. 173

Martin Červenka

Checo • Czech

Karlovy Vary

2003

p. 179

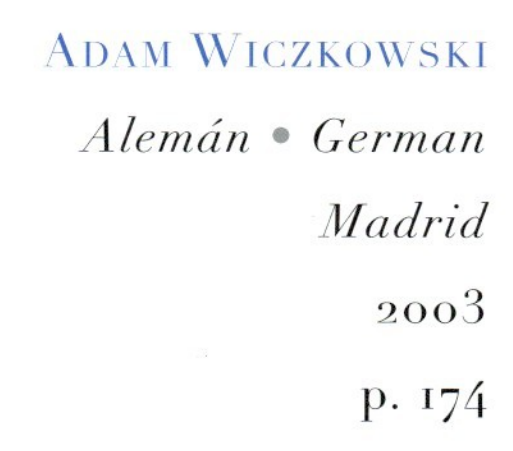

Adam Wiczkowski

Alemán • German

Madrid

2003

p. 174

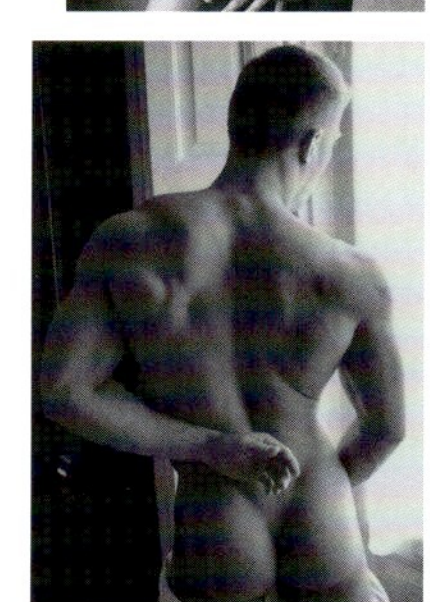

Nikola Cigolinov

Eslovaco • Slovak

Miami

2004

p. 180

Nikola Cigolinov
Eslovaco • Slovak
Miami
2003
p. 180

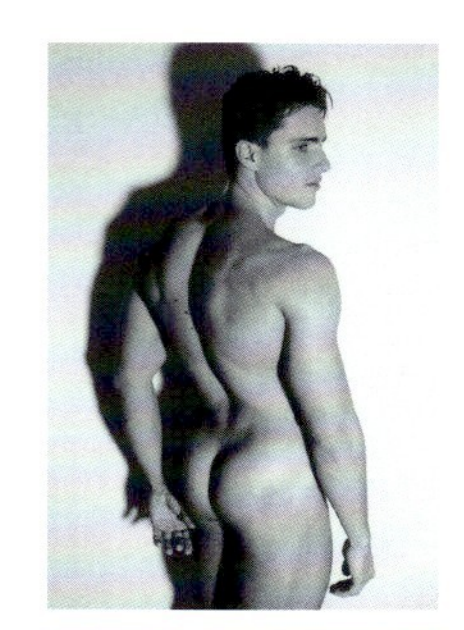

Lukáš Matys
Checo • Czech
Praga • Prague
2003
pp. 186-187

Nikola Cigolinov
Eslovaco • Slovak
Nueva York • New York City
2003
p. 181

Felipe Ugarte
Español • Spaniard
Acapulco
2001
pp. 188-189

Michel Pelletier
Canadiense • French=Canadian
Toronto
2003
p. 183

Lucas James
Neo Zelandés • New Zealander
Nueva York • New York City
2001
pp. 190-191

Yannick Lemelin
Canadiense • French=Canadian
Nueva York • New York City
2003
p. 184

Rafael Amaya
Mexicano • Mexican
Acapulco
2002
p. 193

Yannick Lemelin
Canadiense • French=Canadian
Nueva York • New York City
2003
p. 184

Leonardo de Paula
Brasileño • Brazilian
São Paulo
2003
p. 194

Yannick Lemelin
Canadiense • French=Canadian
Nueva York • New York City
2003
p. 185

Lucas James
Neo Zelandés • New Zealander
Nueva York • New York City
2001
p. 195

Jaroslav Jiřík

Checo • Czech

Praga • Prague

2001

p. 196

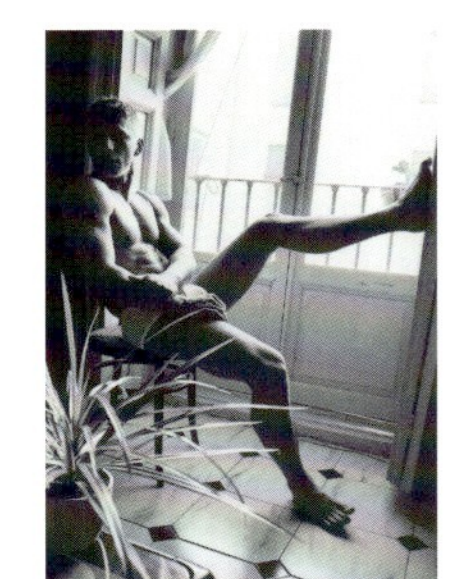

Adam Wiczkowski

Alemán • German

Madrid

2002

p. 202

Leonardo de Paula

Brasileño • Brazilian

São Paulo

2003

p. 197

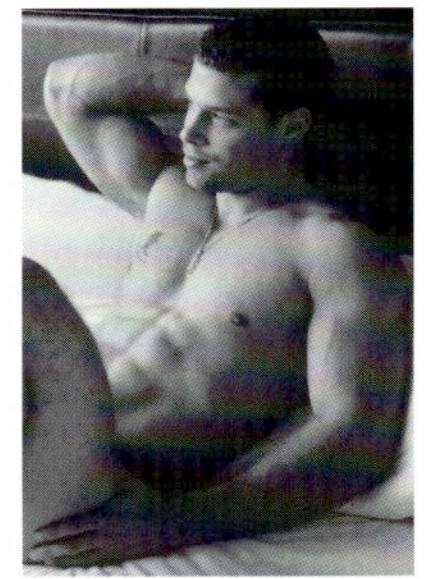

Gabriel Brais

Canadiense • French=Canadian

Nueva York • New York City

2003

p. 205

Fabián Storniolo

Argentino • Argentine

Ciudad de México • Mexico City

2002

p. 198

Jean-François Lavallée

Canadiense •

French=Canadian

Nueva York • New York City

2003

p. 206

Jirí Šatra

Checo • Czech

Praga • Prague

2003

p. 200

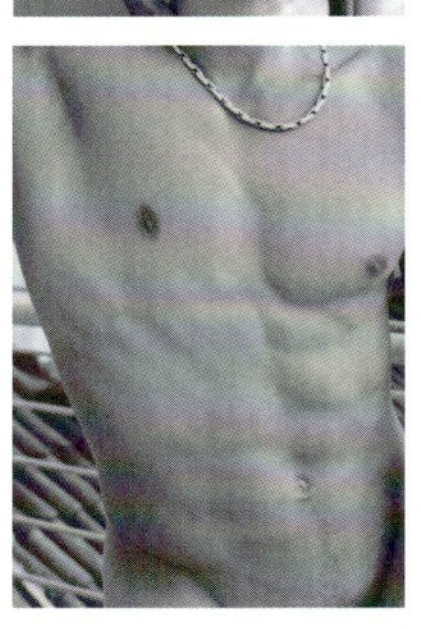

Jean-François Lavallée

Canadiense • French=Canadian

Nueva York • New York City

2003

p. 207

Jirí Šatra

Checo • Czech

Praga • Prague

2003

p. 201

Martin Kuna

Checo • Czech

Praga • Prague

2003

p. 209

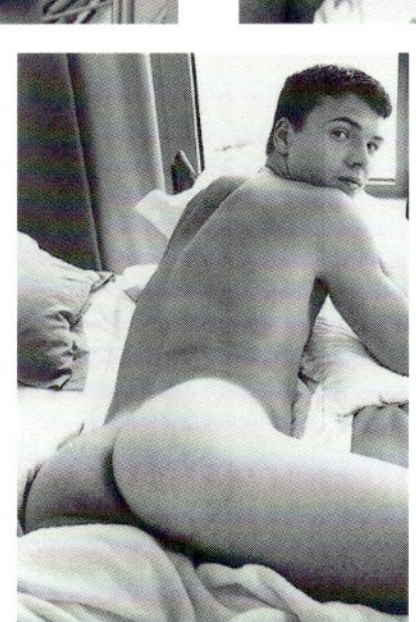

Martin Kuna

Checo • Czech

Praga • Prague

2003

p. 210

AGRADECIMIENTOS

ESTE LIBRO ES UN SUEÑO HECHO realidad. Y esta realidad no habría podido realizarla sin el apoyo y la motivación constantes que recibí desinteresadamente de las siguientes personas: PEDRO USABIAGA, amigo y admirado fotógrafo de renombre internacional, por sus certeras críticas, a veces duras pero siempre constructivas, a la evolución de mi trabajo; ÓSCAR ROMÁN, gran impulsor del arte en México, por apoyar siempre, con muy buen juicio, mis inquietudes fotográficas; ÁNGEL ALCALÁ, por revelarme con paciencia y serenidad los secretos más básicos —y a la vez más complejos— de la fotografía; MAITE SOMELLERA, extraordinaria fotógrafa, por haberme permitido, en mis inicios, asistirla en sus sesiones de retrato; CARLOS CÓRDOVA, por ser quien hace años sembró en mí la semilla de hacer algún día un libro de fotografías; MIGUEL ORTIZ MONASTERIO, por sus experimentados y siempre atinados consejos en el ámbito editorial; RICARDO SALAS, sin duda el mejor diseñador gráfico de México, por contagiarme con su entusiasmo creativo y su refinada sensibilidad artística, impresos en todo este libro; a todo el personal administrativo y técnico del LABORATORIO MEXICANO DE IMÁGENES (LMI), por su gran profesionalismo y dedicada labor en el revelado e impresión de todas las fotografías; y finalmente, BEATRIZ RAYA, mi más que amiga y cómplice en la vida, simplemente por estar ahí...

A todos ellos, ¡muchas gracias!
PÁRIZ

ACKNOWLEDGEMENTS

THIS BOOK IS A DREAM COME TRUE. AND THAT DREAM COULD NOT have become a reality without the support and loyal, objective encouragement of the following people: PEDRO USABIAGA, a friend and admired photographer of international renown, for his sure criticism—sometimes hard but always constructive—of my work's evolution; ÓSCAR ROMÁN, a great promoter of art in Mexico, for always supporting with his fine judgment my photographic anxieties; ÁNGEL ALCALÁ, for patiently and calmly revealing to me the most basic—but also the most complex—secrets of photography; MAITE SOMELLERA, an extraordinary photographer, for allowing me, in my early stages, to assist her in her portrait sessions; CARLOS CÓRDOVA, for being the one who, years ago, sowed in me the seed to one day produce a book of photographs; MIGUEL ORTIZ MONASTERIO, for his expert and ever pertinent advice on editorial matters; RICARDO SALAS, without a doubt Mexico's best graphic designer, for infecting me with his creative enthusiasm and his refined artistic sensibility which is so apparent throughout this book; to all the administrative and technical personnel of LABORATORIO MEXICANO DE IMÁGENES (LMI), for their great professionalism and dedicated work in the developing and printing of all the photographs; and finally, BEATRIZ RAYA, more than my friend for life, simply for being there...

To all of them, many thanks!
PÁRIZ

Coordinación editorial / Editorial Coordination
Páriz

Texto / Text
Pedro Usabiaga
Páriz
Elena Poniatowska Amor

Diseño editorial / Editorial Design
Ricardo Salas & Frontespizio

Revisión de textos en español / Review of Spanish Texts
Rosanela Álvarez

Traducción al inglés / English Translation
Julie Coryn / Austin Hyde

Revisión de textos en inglés / Review of English Texts
Julie Coryn / Austin Hyde

Identificación y catálogo de la obra / Identification and Catalogue of the Work.
Páriz / Ricardo Salas

DL: M-9236-2004

ISBN: 84-7506-655-0

Impreso en España.
Printed in Spain.

MASKULINO se terminó de imprimir en el mes de marzo del 2004 en los talleres de Artes Gráficas Palermo, en Madrid, España. En su composición tipográfica se utilizaron tipos de la familia LH Didot en 8, 9, 10.5, 18 y 45 puntos. Se imprimió en papel couché de 150 gramos. IndesColor estuvo a cargo de la elaboración de la selección de color y los duotonos de toda la publicación. La producción estuvo a cargo de Turner. El cuidado de la edición y la supervisión estuvieron a cargo de Páriz y Ricardo Salas & Frontespizio. El tiraje fue de 2000 ejemplares.

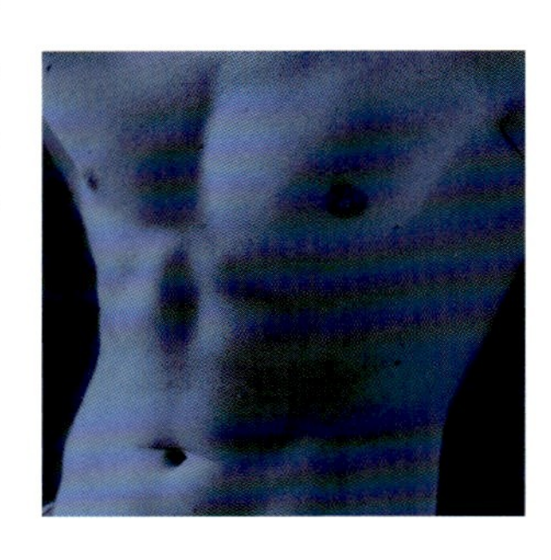

MASKULINO *was printed in March, 2004 in the Studios of Artes Gráficas Palermo, in Madrid, Spain. The text was set in 8, 9, 10.5 and 45 point typefaces of the Didot family. It has been printed on 150-gram couché paper. IndesColor oversaw the color selection and the duotones of the entire publication. The production was in charge of Turner. The care and supervision of the publication were the responsibility of Páriz and Ricardo Salas & Frontespizio. The print run consisted of 2000 copies.*